KB140384

Jeong Il-Keun

시인 정일근 | 사진 임규동

정일근 시집

착하게 낡은 것의 영혼

시학
Poetics

무인생戊寅生 순흥 안씨 어머니 내년이면 칠순이시다.
나는 아직도 어머니께 말을 배워 시를 쓰나니
자연이며 생명이며 땅이며 시인의 모국어이신 어머니시여!
오래오래 거룩하소서.
오래오래 영광이소서.

2006년 여름, 은현리에서
정일근

차 례

제1부

제2부

제3부

제4부

제1부

녹비綠肥

자운영은 꽃이 만발했을 때 갈아엎는다
붉은 꽃이며 푸른 잎 싹쓸이하여 땅에 묻는다
저걸 어쩌나 저걸 어쩌나, 당신은 탄식하여도
그건 농부의 야만이 아니라 꽃의 자비다
꽃 피워 꿀벌에게 모두 공양하고
가장 아름다운 시간에 자운영은 땅에 묻혀
땅의 향기롭고 부드러운 연인이 된다
자운영을 녹비라고 부른다는 것
나는 은현리* 농부에게서 배웠다, 녹비
나는 아름다운 말 하나를 꽃에게서 배웠다
꽃을 묻은 그 땅 위에 지금 푸른 벼가 자라고 있다

---

* 울산시 울주군 웅촌면 은현리, 필자가 사는 산골마을.

자연自然의 손

달개비 꽃물이 좋아 씨를 받았다
들길 여기저기 수북수북 피어 있는
달개비 꽃씨 받아 묵정밭에 뿌렸다
흔하디 흔한 풀꽃이라 편안히 싹 틔우고
일가一家 이뤄 무성할 줄 알았는데
꽃은커녕 싹도 돋지 않는다
그렇게 서너 해 달개비 농사農事 망치고
사람의 손이 받는 달개비 꽃씨와
자연의 손이 거두는 달개비 꽃씨는
전혀 다른 꽃씨라는 것을 배웠다
나의 손은 익지 않은 씨를 털거나
땅에 떨어져 늙어버린 씨를 주웠고
자연의 손은 손 내밀지 않아도, 꽃
피울 씨를 받아 꽃밭 다복다복 이뤘다
은현리 모든 풀꽃 씨앗 소중히 받아 주는
따뜻하고 거룩한 그분의 손 있는데
생명이 발아하는 때를 알지 못하고
나는 욕심 많은 손을 내밀었구나

그 손으로 달개비 꽃물 들이려 했구나

또 그 손으로 시를 썼구나

보일러 만트라

우리집 나무 보일러는 전생이 티베트 라마승 같다

나무불 넣으면 보일러는 염불부터 먼저 한다

하루는 옴마니반메훔을 중얼거리고

또 하루는 히말라야 만트라를 노래한다

그렇게 긴 염불 뒤에 사람 한숨을 쉬는데

그럴 때마다 나는 깜짝 놀라 일어나서

벽 하나 사이에 사는 늙은 라마승에게

오체투지의 경배를 올린다, 그 해

히말라야 가우리 상카르산山*의 곰파에서 만나

호흡으로 생명을 나눠 준 그 늙은 라마승

낮은 숨소리와 똑같아 깜짝깜짝 놀라는 것이다

착하게 낡은 것에게는 영혼이 깃드는 법이니

내가 왔다는 동쪽이 궁금했던 늙은 라마승

잠시 몸을 바꾸어 우리집 나무 보일러 속에 앉았는지

겨울밤 내내 나무 보일러의 만트라를 들으며

내 몸 안에서 터지는 설산 눈꽃에 아득해진다

-----

* 높이 7,144m. 에베레스트 서쪽 약 58km 지점에 있는 산.

겨울 전봇대

눈 내리는 은현리 겨울들판을
전봇대는 걸어가신다
펄펄 날리는 눈보라 맞으며
푹푹 빠지는 외눈발자국 남기며
들판 건너 마을 지나
마을 지나 가파르고 험한 산길 따라
키다리 아저씨가 찾아가시는 곳
솥발산 7부 능선에 웅크리고 있는
하늘 아래 저 먼 첫 집
그 집에 누가 살고 있는지
저녁마다 전봇대가 찾아가면은
녹슨 양철지붕 낮게 인 오막살이에
삼십 촉 알전구
참, 참 따뜻하게 켜진다

봄까치꽃

겨울 속에서 봄을 보려면
신도 경건하게 무릎 꿇어야 하리라
내 사는 은현리서 제일 먼저 피는 꽃
대한과 입춘 사이 봄까치꽃 피어
가난한 시인은 무릎 꿇고 꽃을 영접한다
양지바른 길가 까치 떼처럼 무리지어 앉아
저마다 보랏빛 꽃, 꽃 피워서
봄의 전령사는 뜨거운 소식 전하느니
까치가 숨어 버린 찬바람 속에서
봄까치꽃 피어서 까치소리 자욱하다
콩알보다 더 작은 꽃은
기다리지 않는 사람에겐 보이지 않느니
보이지 않는 사람에겐 들리지 않느니
그 꽃 보려고 시인은 무릎 꿇고 돌아간 뒤
솥발산도 머리 숙여 꽃에 귀 대고
까치소리 오래 듣다 제 자리로 돌아간다
두툼한 외투에 쌓인 눈 툭툭 털고
봄이 산 135-31번지 초인종을 누르는 날

꽃, 가장 뜨거운

연이틀 영하 십도 이하로 밤 기온 뚝 떨어졌다
언 물 다시 얼어 얼음의 속살까지 빗살무늬로 터지고
입춘 앞두고 가슴 부푼 땅 대책 없이 얼어 버렸다
하루종일 기름보일러는 크렁크렁 돌거나
아궁이마다 장작불 활활 타오르며
사람의 이 방 저 방을 데울 때
은현리 덕산마을 회관 앞 잠든 부추밭 곁에
노란 민들레꽃 한 송이 활짝 피었다
민들레꽃 속에 무슨 보일러 돌고 있는지 몰라
꽃 속에 어떤 아궁이 있는지 몰라
오늘 은현리에서 가장 뜨거운 방은
노란 민들레꽃 속에 있다, 알고 보면
꽃보다 더 뜨거운 것은 어디 있으랴
내리는 눈 속에서 어는 얼음 속에서
추운 몸 지지고 싶은 펄펄 끓는 뜨거운 방은
저기 노란 민들레꽃에게 있다

봄, 인사

물앵두나무 어린 새잎 봄 햇살 속으로 작은 손 내민다
저런! 반가워서 착한 친구의 손을 잡아 본다
그 잎 사이 붉은머리오목눈이*는 떼 지어 바삐 날고
몸에 가시 달고 추운 겨울 엄하게 견딘 엄나무 초록
새순 머뭇머뭇 수줍은 듯 인사를 청한다

어머니의 텃밭 다섯 고랑 가득 빼곡하게 터져 나오
는 상추 새싹들은 카드섹션하는 아이들처럼 동시에 연
초록 환호성 지른다

길가 낮은 곳에서 키 작은 그대는 붉은 화관 쓰고 발
레리나처럼 인사하지만

용서하시라, 나는 점잖은 척 눈인사 나누지만 그대
이름 모르는 시인의 부끄러움에 얼굴 화끈거리도록 미
안하다

올해는 윤칠월 들었다는데, 아직 추운 삼월의 끝

은현리 마당에서 마을 골목길 끝까지 천천히 걸어
보는 봄길

---

* 뱁새.

그제는 얼음 꽝꽝 소리 나도록 얼었고

　어제는 아침나절 싸락눈 날렸지만 혹독한 꽃샘추위

툭, 투툭 털고 나온 생명들과 나누는 봄 인사에

　내 몸 속에 숨은 작은 겨자씨 하나까지 후끈후끈 뜨

겁다

눈 뜨고 꾸는 꿈

날 저물기 전에 꽃잎 닫는 봄까치꽃은
꿈이란 일장춘몽인 것을 알고 있는 것이다
알기 때문에 잎 닫고 일찍부터 잠드는 것이다
부럽구나! 꽃 속에 어떤 식물성 신경은 있어
콩알보다 작은 봄까치꽃들 빠짐없이 꼭꼭
잎 닫고 아침이면 여는지 기특하기만 하다

봄부터 자율신경 치료를 시작했다
내가 내 정신의 성주이고
내 몸은 내 영토인 줄 알았는데
아니었다, 내 정신은 쿠데타를 시작했다
그 쿠데타에 몸의 일부는 점령당했고
의사는 너무 예민해져 있다고 진단했다
두툼해야 무심해지는 법인데, 정신 어딘가
종잇장처럼 얇아져 구멍이 난 모양이다

내 병은 쉽게 잠들지 못하는 것
겨우 잠의 문을 열고 들어가면

하룻밤 사이 수십 번의 꿈은
귀신처럼 그 구멍으로 찾아온다
누우면 숨을 쉴 수 없어 죽을 것 같고
일어서면 말짱해지는 꾀병 같은 병에
은행 나뭇잎에서 뽑아낸 주사약은
일주일에 두어 번 내 혈관으로 들어온다

동물성 붉은 혈관으로 나무의 푸른 피가
싸하게 밀고 들어오는 순간, 편안하다
내 몸의 피를 전부 바꾸고 싶다면 이것은 꿈인가
내 혈관 은행나무의 피로 다 채우고
내 자율신경 꽃의 자율신경으로 바꿀 수 있다면

나에게 아직 못다 꾼 꿈은 남았는지
이 봄 나는 눈을 감고 꿈꾼다
나는 눈을 뜨고도 꿈꾼다

꽃도둑의 변명辨明

— Y에게

올 봄 버려진 폐허에서 예닐곱 평 땅 발굴했다
발굴이라는 내 진술에 당신은 동의해 주시길
무거운 바윗돌 들어내고 불량한 잡목 베어내고
꽁꽁 결박된 칡넝쿨 풀어 무성한 잡풀 뽑아내자
마침내 그곳에서 황금빛 거룩한 땅은 출토됐다
지난 겨울 내 꿈은 꽃밭을 가지는 것
은현리에 살며 가장 춥고 지독한 겨울 보내며
봄이 오면 꽃밭 주인 되는 꿈꾸었는데
이 봄 내 생에 가장 큰 꽃밭의 주인이 되었다
당신은 예닐곱 평 땅이 얼마나 넓은지 모를 것이다
그 땅에 꽃씨 뿌리고 꽃 심기 위해
나는 꽃도둑이 되었으니
솔발산에서 설유화 훔쳐와 심고
은현리 들판에서 자운영 훔쳐와 심고
덕산마을 회관 앞에서 접시꽃 훔쳐와 심고
박씨 아저씨 화단에서 흰초롱꽃 훔쳐와 심고
벌써 쉰 가지 넘는 꽃을 훔쳐와 심었다
당신은 나를 꽃도둑이라 탓하지 마시라

훔쳐 오며 남부럽지 않게 잘 키우겠다고 약속했으니
해마다 나의 꽃밭은 향기롭고 빛날 것이다
사람 떠나 보내면서 나는 배웠다
사람은 사랑한 만큼 사랑을 되돌려 주는 상처지만
꽃은 사랑한 만큼 상처를 꽃 피우는 사랑이어서
나는 꽃보다 아름답지 않은 사람을 사랑하는 대신
나는 꽃도둑, 꽃을 사랑하는 꽃도둑이 되었으니
어제는 덕현마을 가는 오솔길에서 별꽃 훔쳐다 심고
오늘은 무제치늪 산길에서 흰제비꽃 훔쳐다 심고
내일은 송씨 아주머니 흙담에서 수세미꽃을 훔칠 것
이다
나는 꽃밭에 108가지의 꽃을 훔쳐서 심을 것이니
내가 가진 108가지 슬픔 꽃으로 피우고
108명 도둑이 사는 양산박의 주인 되어
벌, 나비 나는 이곳, 나만의 무릉도원에서
말하지 않아도 즐거운 열락으로 살고 싶은 것이니
그 꿈 또한 당신은 이미 알고 있을 것이다

보리 부처

보리밭처럼 좋은 가람伽藍 있으랴

이제는 금싸라기가 된 귀한 땅에

보리씨 뿌리는 손은 거룩한 손이지만

망종芒種 무렵 스스로 익어가는 황금 보리 보면

나는 저 보리 부처에게 오체투지 올리고 싶다

추운 겨울 언 땅에 묻혀서

얼음 얼고 눈 덮이는 혹독한 시간에 싹 피워

겨울 이기고 봄을 밀고 오던 푸른 보리

세상 모든 것이 먹지 못하는 어린 풋것일 때

가난한 이웃의 배고픈 뒤주 텅텅 비었을 때

햇살 불러 제 살에 불 놓아 피와 뼈 다 태워

그 몸 모두 다 내어주던 황금 보리

좋은 시간에 찾아오는 다른 씨앗을 위해

제 땅 내주고 뿌리마저 거름으로 내주던 저 보리菩提

땅값 오르고 배부른 나라의 백성은

쌀도 귀찮아 보리는 까마득히 잊어버리고 사는데

빈 땅 놀리는 일 죄인 것을 아는 손은 있어

한 마지기 혹은 반 마지기 공양한 가람을 만나면

절도 중도 다 떠나 버리고 부처만 남은 보리밭을 위해

무릎 꿇고 보리심菩提心 보리심菩提心 절 올리고 싶다

일벌 보살菩薩

더운 여름날 일벌이 물 먹는 것을 보았다
마당 수돗가에 놓여 있는 돌확으로 날아와
햇살 받아 뜨거워져 썩기 시작하는 고인 그 물에
벌침 숨긴 꼬리 하늘로 치켜들고
입 박아 벌컥벌컥 물 먹는 것 보았다
얼마나 목말랐는지 한참이나 물 먹고 가다
이내 돌아와 다시 물 먹는 것 보았다
스스로는 무성이 되어 여왕벌의 새끼 기르고
집 짓고 꿀 치는 노역의 나날로
40일 동안 일만 하다가 죽는다는 저 암컷의 일생
1kg의 꿀을 만들기 위해 16만km 거리 비행하며
1천만 개 꽃송이 송이 찾아다녀야 한다는
일벌, 저들의 꿀을 훔쳐 먹고 사는 것이 죄스러워
시인의 수돗가에서 썩는 물 먹고 가는 것이 미안해
돌확의 이끼를 수세미로 빡빡 씻어
은현리 맑고 찬 산山물로 찰랑찰랑 채워 놓는다

구두론論

반질반질 광光나는 구두를 신은 사람과의 악수는
믿음이 가지 않는다, 하루종일
시멘트길 대리석바닥 붉은 카펫만 밟고 다녀
구두에 흙먼지 한 톨 묻지 않은 사람
그가 손을 건넬 때, 광구두처럼
그 손 번질번질 기름질 것 같아 싫어진다
하루에 한 번이라도 땅을 밟지 않는 사람은
흙의 따뜻함을 알지 못한다
그 흙에 뿌리박고 사는 풀과 나무가 건네는
자연의 인사법을 알지 못한다
구두에 흙먼지 잔뜩 묻은 사람을 보면
먼저 인사하며 악수를 청하고 싶다
오줌 누다 제 구두에 튄 오줌흙 묻은 사람을 만나면
정겨워 껴안아 주고 싶다
구두는 그 사람이 걸어온 길의 얼굴, 흙길
진흙길 걸어온 사람의 구두가 제 길 감출 수 없듯
자신이 걸어온 길을 감추지 않고
뚜벅뚜벅 걸어가는 사람의 구두는 따뜻하다

발이 따뜻하면 손도 따뜻한 법

그와 나누는 악수에서 땅의 온기는 전해진다

내 손에 풀의 향기와 나무의 푸름이 그득해진다

천성산 물방울
— 지율스님께

할아버지 천성산 물 드시고 농사지었으니
아버지는 천성산 물방울이었지요
아버지 천성산 물 드시고 공부했으니
나도 천성산 물방울이지요
나는 바다에서 태어났으나
내 바다의 발원지는 천성산 물방울이었으니
그 물방울이 나의 시작이었지요
내 몸은 천성산 물을 담은 물자루이니
내 물꼭지에서 세상에 나온
내 아이들도 천성산 물방울이지요
어디 우리 아이들뿐인지요
천성산 물방울 통통 통통통 살아서
물방울의 물방울이 그 물방울의 물방울이
내를 이루고 강을 만들어 흘러가는데요
이 강 저 강 굽이쳐 바다로 흘러가는데요
어떤 칼이 있어 그 물방울 자르겠는지요
어떤 둑이 있어 그 바다 다 막겠는지요

로드 킬

어제 아침에는 그 길 건너오던
오소리 한 마리 승용차에 치여 죽었다

어젯밤에는 그 길 건너가던
토종 다람쥐 한 마리 화물트럭에 받혀 죽었다

오늘 아침에는 그 길 위에서
술 취한 버스가 젊은 사람을 죽였다

사람이 만든 길이 착한 생명을 죽인다, 로드 킬
사람이 만든 길이 사람을 죽인다, 로드 킬

사람이 사람을 죽이는 사람의 길이
직선으로 달려가고 있다

둥근 길

나무는 자신의 몸 속에 둥근 시간 숨기고 산다
나이테가 둥근 것은 시간이 둥글다는 것을 알기 때
문이다
시간이 둥근 것은 우리 사는 세상이 둥글기 때문이다
사람의 시간이란 직선의 속도는 아니다
둥글게 둥글게 돌아가는 둥근 시간이 사람의 시간이다
둥글게 걷다 보면 당신은 어디선가 나무의 시간과
만날 것이다
하늘이 사람의 엄지손가락에 나무의 나이테 같은
사람이 걸어갈 둥근 길을 숨겨 놓은 것처럼

제2부

냄비밥을 하면서

냄비밥 해 먹어 본 사람은 안다
쌀을 물에 불리는 중용中庸의 도道부터
냄비에서 밥물 끓는 찰나의 미학美學을
긴장 놓치지 않고 기다릴 때까지의 집중이란
이건 물과 불과 시간을 아는 일이며
이건 마음을 아는 일이라는 것을

센 불로 끓이고 중불로 익히고 약한 불로 뜸 들이며
냄비 속 물은 넘쳐 불을 다치지 않게
불 위의 냄비는 뜨거워져 쌀을 다치지 않게
쌀과 불과 물은 평화롭게 하나 되어
사람이 먹는 한 그릇의 더운밥이 되는 일이란

이건 세상만사와의 화해和解며
이건 우주와의 합일合一이려니

원터치 전기밥솥 디지털 밥을 먹는 사람은
이 고슬고슬한 아날로그 밥맛 알지 못할 것이기에
냄비밥 뜸 들기를 기다리며 나는 행복해진다

신문지 밥상

더러 신문지 깔고 밥 먹을 때가 있는데요
어머니, 우리 어머니 꼭 밥상 펴라 말씀하시는데요
저는 신문지가 무슨 밥상이냐며 궁시렁 궁시렁*하는
데요
신문질 신문지로 깔면 신문지 깔고 밥 먹고요
신문질 밥상으로 펴면 밥상 차려 밥 먹는다고요
따뜻한 말은 사람을 따뜻하게 하고요
따뜻한 마음은 세상까지 따뜻하게 한다고요
어머니 또 한 말씀 가르쳐 주시는데요

해방 후 소학교 2학년이 최종학력이신
어머니, 우리 어머니의 말씀 철학

---

* 경상도 사람들은 '궁시렁거리다'라고 하는데 '구시렁거리다'가 표준어라고
한다. 하지만 나는 '궁시렁거리다'가 내 입에 맞다.

밥 보리살타菩提薩陀

다리 하나 잃은 도둑고양이
식구처럼 돌보시는 어머니
우리 어머니 안安 보살菩薩님
절에 절하러 가시면서
밥상 차려 놓았으니 너는 밥 먹고
고양이는 밥 차려 드려라
꼭 데워서 따뜻한 밥 드려라
추운 날 찬밥 주는 일
그것은 죄가 된다
내게 몇 번이나 당부하시는 어머니
끼니끼니 찾아오는 도둑고양이에게
끼니끼니 더운밥 차려 주시며
다음 세상에서 만나면 갚아라
쌀가마 메고 와서 꼭 갚아라
다리 잃은 도둑고양에게 당부하시는
어머니의 밥 보리살타

주먹은 나를 밥 먹인다

　'먹다' 라는 말은 '주먹을 불끈 쥐다' 라는 말에서 온 것은 아닐까? 병실에서 소독내 나는 병원 밥 받아 놓고 생각한다. 먹기 위해서는 주먹 쥐어야 하는데, 주먹 쥐어야 숟가락 잡고 젓가락 들 수 있는 법인데, 어머니는 수저 들기 귀찮아하는 한심한 아들에게 주먹을 불끈 쥐라고 야단하신다. 죽은 게 발 같은 손으로 어떻게 너가 너를 이길 수 있겠느냐! 어머니 장탄식하신다. 주먹 꽉 쥐어 본 적은 언제였던가. 주먹을 쥐고 무엇인가를 쳤던 적은 언제였던가. 주먹 꽉 쥐어 본다. 살아야겠다. 주먹 꽉 쥐고 내가 나를 친다. 살아야겠다.

　맙소사! 주먹은 나를 밥 먹인다.

자주달개비꽃 앞에서
— 식구 · 4

자주달개비꽃 속에 수술 여섯 식구 사는데
둥글게 모여 앉아 도란도란 아침 밥상 받는다
밥은 은현리 햇살로 지은 햇살밥, 국은
꽃잎에 맺힌 이슬로 끓인 이슬국이 전부지만
자주달개비 식구는 밥상 앞에 앉아
달그락 달그락 즐거운 수저소리 다정하다
아버지 젊어 돌아가시지 않았다면, 우리 다섯 식구
달개비같이 여섯 식구 되었을 것인데
그 사람 그렇게 떠나가지 않았어도
다섯 식구 앉은 밥상 그득했을 것인데
오늘따라 빈자리 그 빈자리는 바다처럼 넓다
큰 잎처럼 다 자라 객지에 나간 아이들
이 아침 따뜻한 밥에 더운 국 제대로 차려 먹는지
자주달개비꽃 곁에 쪼그려 앉아
산다는 것은 밥상에 빈자리 늘어나는 일이라고
마음은 우물처럼 깊어진다, 자주달개비꽃처럼
식구 다 모여 한 밥상에 앉고 싶은 아침
내 우물 속에서 자주색 깊은 슬픔 출렁거린다

사는 맛

당신은 복어를 먹는다고 말하지만
그건 복어가 아니다, 독이 빠진
복어는 무장 해제된 생선일 뿐이다
일본에서는 독이 든 복어를 파는
요릿집이 있다고 한다, 조금씩
조금씩 독의 맛을 들이다 고수가 되면
치사량의 독을 맛으로 먹는다고 한다
그 고수가 먹는 것은 진짜 복어다
맛이란 전부를 먹는 일이다
사는 맛도 독 든 복어를 먹는 일이다
기다림, 슬픔, 절망, 고통, 고독의 독 맛
그 하나라도 독으로 먹어 보지 않았다면
당신의 사는 맛은
독이 빠진 복어를 먹고 있을 뿐이다

홍어

먹고사는 일에 힘들어질 때
푹 삭힌 홍어를 먹고 싶다
값 비싼 흑산 홍어는 아니면 어떠리
그냥 잘 삭힌 홍어를 먹고 싶다
신 김치에 홍어 한 점 싸서 먹으면
지린 내음에 입 안 얼얼해지고
콧구멍 뻥뻥 뚫리는 식도락을
나 혼자서라도 즐기고 싶다
그렇지, 막걸리도 한 잔 마셔야지
입 안의 열락이 온몸으로 퍼지도록
한 사발 벌컥벌컥 단숨에 마셔야지
썩어서야 제맛 내는 홍어처럼
사람 사는 일도 마찬가지지
한 세월 푹푹 썩어가다 보면
맛을 내는 시간은 찾아오는 거지
내가 나를 위로하며 술잔 권하면
다시 내가 나에게 답잔 권하며
사이좋게 홍어를 나눠 먹고 싶다

그러다 취하면 또 어떠리
만만한 게 홍어 좆이라고
내가 무슨 홍어 좆인 줄 아느냐
내가 나를 향해 고함치면서
내가 나의 멱살도 잡아 보다가
하늘 향해 삿대질하면서
크게 한 번 취하고 싶다

매생이

다시 장가든다면 목포와 해남 사이쯤
매생이국 끓일 줄 아는 어머니 둔
매생이처럼 달고 향기로운 여자와 살고 싶다
뻘 바다에서 매생이 따는 한겨울이 오면
장모의 백년손님으로 당당하게 찾아가
아침저녁 밥상에 오르는 매생이국 먹으며
눈 나리는 겨울 내내 남도 한량이고 싶다
파래 위에 김 잡히고 김 위에 매생이 잡히니
매생이 먹고 자란 나의 아내는
명주실처럼 부드러운 여자일거니, 우리는
명주실이 파뿌리 될 때까지 해로할 것이다
남쪽바다에서 매생이국 먹어 본 사람은 안다
차가운 표정 속에 감추어진 뜨거운 진실과
그 진실 훌훌 소리내어 마시다 보면
영혼과 육체는 함께 뜨거워지는 것을
아, 나의 아내도 그러할 것이니
뜨거워지면 엉켜 떨어지지 않는 매생이처럼
겨울밤 내내 한 몸 되어 사랑할 것이니

바다메기

밤 새워 눈 오시는 날은
밤 새워 술 마시는 날이지
약속도 기별도 하지 않고
큰 눈 찾아오시는 밤
대접할 것은 소주 됫병뿐이니
찬술 한 잔 부어 권하며
시를 안주 삼아 취하는 밤
눈처럼 차고 맑게 취하는 밤
눈이 그치기 전에 잠드는 술꾼은
진정한 술꾼은 아니지
눈 그친 설국의 새벽
발목까지 빠지는 눈길 걸어
항구 가까운 술국집 찾아가
바다메기 뭉텅뭉텅 잘라 넣고
조선무 듬성듬성 빚어 넣고
펄펄 끓이는 바다메기 국 한 그릇
해장국으로 청하지 않는 술꾼은
술을 사랑하지 않는 술꾼이지

그 뜨거운 국물로 오장육부 녹이며
폭설의 지난 밤 함께 한 시를 위해
해장술 한 잔 청하지 않는다면
시를 사랑하지 않는 술꾼이지

봄 도다리

입춘 지나 왕 벚꽃 꽃망울
눈 비비다 꽃눈 빨갛게 뜰 때
진해 용원 앞 바다 도다리는
덩달아 몸이 근질근질해진다
추운 겨울 몸 하나로 견디면서
봄이 오길 간절히 기다려
땅에서 피는 꽃이 있다면
바다에서 피는 꽃은 있느니
제 뼛속 붉은 피 끓여
제 살 속에 꽃 피우며
봄을 기다리는 봄 도다리 있다
그놈들 뼈째로 썰어 씹다가
입 속에서 펑 펑 터지는 바다 꽃
그 꽃소식을 알지 못한다면
당신의 봄은 아직 오지 않았다

목수의 손

태풍에 무너진 담 세우려 목수를 불렀다. 나이 많은 목수였다. 일은 굼떴다. 답답해서 저 일 어떻게 하나 지켜 보는데 그는 손으로 오래도록 나무를 쓰다듬고 있었다. 한참 후 그 자리에 못 하나 박았다. 늙은 목수는 제 손 온기가 나무에게 따뜻하게 전해진 다음 아, 그 자리에 차가운 쇠못 조심스레 박았다. 그때 목수의 손은 경전처럼 읽혔다. 아하, 그래서 목수木手구나. 생각해 보니 나사렛의 그 사내도 목수였다. 나무는 가장 편안한 소리로 제 몸에 긴 쇠못 받아들이고 있었다.

나의 손

어릴 때는 손에 무얼 잡고 잠자지 못했다. 새 연필 한 자루 꼬옥 쥐고 잠들어도, 동전 얻어 꼬옥 쥐고 잠들어도 자고 나면 빈손이었다. 요즘은 손으로 잡은 것은 놓지 못한다. 책 읽다 잠들면 깰 때 책을 잡고 있다. 지갑 쥐고 잠들면 깰 때 지갑을 잡고 있다. 어젯밤 꿈 속에서 일확천금을 잡았다. 잠 깨니 그때까지 내 손은 꿈 속의 일확천금을 꽉 잡고 놓지 않았다. 뼈가 아스러지듯 힘주어 잡고 있어 빈손에 땀은 흥건하다. 잡으면 놓지 않으려는 악착같은 내 손은 나와 같이 나이 쉰에 가까워지고 있다.

고래의 손

박물관에서 브라이드 고래의 뼈보다
작은 손 하나 숨어 있는 것 보았다
지느러미 있었던 자리, 사람으로 보자면
옆구리쯤에 달린 고래의 손 보았다
6천만 년 전 조상이 가졌던 뭍의 손
고래는 부적처럼 몸 속에 감추고
빙하기 거치며 바다에서 살아왔다
브라이드 고래의 손 앞에서
나는 진실로 악수 청하고 싶었다
우리는 어미 뱃속에서 나와
어미젖 먹고 자란 같은 포유류
돌아가고 싶은 오래된 미래에서 온
고래의 손 잡고 안부 묻고 싶었다
고래의 손은 여전히 퇴화 중!
사람의 손을 뿌리치고 해저 깊숙이
큰 지느러미로 헤엄쳐 달아나고 있는 중!
나는 어떤 주술로 그를 돌아오라 부르며
또 어떤 손으로 그 손 잡을 것인가

우리는 고래박물관에서 만났지만
죽어 버린 손과 살아 있는 손 가지고 만났지만
여전히 달아나고 있는 브라이드 고래의 손과
엉거주춤 용서 청하는 내 손 사이
바다처럼 넓은 또 다른 바다가 막고 있었다
손을 넣기 너무 섬뜩한 사람의 바다였다
피 냄새 진동하는 사람의 바다였다

무巫-아버지

…… 그렇게 아기무당 잘못 놓여진 내 서러운 운명의 돌다리 헤아려 주고 짚어 주다 문득 던지는 아버지 말씀, 아버지, 아버지 내 걱정하신다고 서른여섯 해 전 세상 떠나신 아버지, 이승의 늙은 아들 걱정하시는 저승의 젊은 아버지, 아기무당의 눈으로 차안의 나를 보시는 피안의 아버지, 아버지에게 받은 오장육부 얼음 되어 차가워지는데 가슴에, 가슴에서 그 얼음 녹이며 터져 나오는 뜨거운 눈물, 아버지, 아버지, 아버지

무巫-삼감 당숙

살아 있는 당숙모 죽은 당숙 몰래 만나고 돌아온 날

장생포 어느 무당집에서 죽은 당숙 만나고 돌아온 날

살아서 입 밖에 내지 못하셨던 말씀

죽어서 다 하신 말씀 듣고 돌아온 날

당숙모 말을 잃고 몸져누운 날

황사는 사흘째 어두컴컴하게 날리고

하늘과 땅의 경계 어디인지 알 수 없는 날

시간의 발자국

지는 꽃 앞에 앉아 보면
시간은 제 발자국 콕 찍고 갔다
시간의 몸을 볼 수 없지만
그가 지나간 자리 발자국은 남는다
거절하지 않아서
이자 독촉하지 않아서
시간을 내 것처럼 빌려 펑펑 썼는데
오랜만에 만난 거울 속의 내 얼굴
시간이 남긴 발자국 찍혀 있다
지는 꽃을 밟고 간 시간의 발자국이
내 얼굴에 이미 쿡 찍혀 있다

단청의 이유

대적사 대웅전 문짝에 남은 저
꽃단청의 보일 듯 말 듯한 흔적은
지금 숨 쉬는 중이며
동시에 사라지는 중이다 언제
누가 문짝에 꽃을 그렸는지 알 수는 없지만
그가 꽃을 피웠던 순간
꽃은 살아 움직이기 시작했다
그가 붓을 놓은 그 순간부터
꽃은 숨을 쉬며 움직이기 시작했다
그 순간 햇살은 찾아와 놀다가고
더우면 바람 불고 목마르면 비 뿌렸던 것이다
피었다 지는 것이 꽃이듯
단청은 피었다 지는 꽃이다
흔적 없이 사라지는 것은 단청의 완성이려니
그대 행여 복원의 꿈 꿈꾸지 마시라
백년을 살지 못하는 사람은 보지 못하지만
지금 저 꽃! 숨 쉬며 살아 있다
지금 저 꽃! 살아 있기에 지고 있다

중얼거리는 중년

비가 오려는지 뱀은 중얼거리며 풀숲으로 사라진다. 그는 내가 중얼거린다고 불만이다. 실업失業 이후 나는 또박또박 말하지 못한다. 그냥 중얼거린다. 중얼중얼거리는 사이 몸에 푸른 비늘 돋고 피는 점점 차가워진다. 중얼중얼거리는 사이 하늘의 일과 땅의 일은 몸이 먼저 알아 중얼거린다. 입보다 몸이 먼저 중얼거린다. 나는 중얼거리며 불혹에서 지천명으로 기어가고 있다. 내가 기어온 자리 말라 버린 혀가 뱀 허물처럼 남는다.

큰비 오는 밤에 용서를 빌다

큰비 오는 밤에 뱀은 운다, 아직
끝나지 않은 원죄는 남았는지
제 몸 두들겨 패며 뱀은 운다
번쩍번쩍 벼락은 치고 우르르 쾅쾅
우르르 쾅쾅 천둥은 운다
이런 밤에 하늘에 용서를 빌던
잘못했습니다, 라고 용서를 빌던
경주 이씨 할머니처럼
나는 두 손 싹싹 비비며
머리 두는 하늘에 용서를 빈다
살다 보면 죄 없이 이유 없이
용서 빌고 싶은 날은 있는 것이다
잘못했습니다! 잘못했습니다! 무릎 꿇고
속죄하고 싶은 날은 있는 것이다
제 몸 두들겨 패며 우는 뱀처럼
엉엉 울고 싶은 날은 있는 것이다

제3부

새벽과 아침 사이

귀신으로 잠들었다 사람으로 눈 뜨는 시간,

어둠과 빛 사이 잠시 잠깐 저 푸른 시간,

젓대와 바람 사이에 놓인 신화의 갈대청 같은,

하늘이 펼쳐 주는 셀로판 한 장 같은,

시간을 잠시 멈춰 숨 쉬게 하는 횡격막 같은,

내가 하루 중 제일 먼저 그 사람을 생각하는 그때,

사랑이라는 것

사랑이라는 것 사람과 사람 사이에 그어지는 일획이어서 그 일획 묵향이면 한평생 향기로울 것이라 꿈꾸었는데

사랑이라는 것 꿈길까지 밟고 와 새벽까지 뜬눈으로 나를 깨워 놓고 놀다 가는데

사랑이라는 것 동지섣달 긴 밤 가래떡 자르듯이 촘촘히 끊어내는데

사랑이라는 것 하룻밤에도 수백 번 잠 깨는 마디잠과 마디잠 사이에까지 찾아와 몸살나게 하는데

사랑이라는 것 단숨에 그어지는 일획은 아니라 점점이 놓아서 은하수 건너가는 숨 가쁜 호흡이라는 것

사랑이라는 것 사랑하면 알게 되는데

사랑

　강원도 태백 너덜샘 펑펑 솟는 맑은 물 위로 그대에게 사랑의 편지 쓰나니, 그 물 흘러 낙동강 일천삼백 리 아득한 물길 따라 흐르고 흘러 그대의 수도꼭지 끝을 찾아가 가슴 두근두근거리며 기다린다면,

　그대, 수도꼭지 틀어 한 잔의 물을 받거나 혹은 세숫물 받다가 문득 나를 생각한다면, 그 물 위에 빼곡하게 떠 있는 사랑의 물무늬 읽으며 내 이름 불러 준다면, 그때 그대 귓불 빨갛게 물운대 저녁놀로 타오른다면,

사랑에 답하여*

수선화 해를 따라 도는 꽃인걸
마당에 노란 수선화 피어서 알았다
가녀린 꽃대에 큰 꽃 달고서, 수선화
동쪽에서 서쪽으로 해를 따라간다
달마는 마음 따라 동쪽으로 왔다지만
땅 속에 마음 묻은 수선화의 해바라기는
갈 수 없는 사랑의 지독한 형벌이다, 고
나는 오래 전부터 수선화 꽃 뒤에 놓여 있는
낡은 나무의자에 앉아 생각했다, 나도
그런 아픈 사랑한 적이 있었다, 고
해를 기다리는 말없는 꽃이나
사람을 기다리는 사람이나
같은 앉음새 같은 가부좌라고 생각했다
노란 수선화 지면서 알았다
꽃은 마르면서까지 해를 따라가고

---

*노란 수선화의 꽃말.

말라 바스러지면서까지 저 수선화
뜨거운 해바라기는 멈추지 않았다
수선화 꽃 뒤에 놓아둔 의자는, 사실
누군가 기다리겠다고 놓아두었지만
의자에 앉아 사람을 기다렸던 시간보다
사랑으로 서성거렸던 시간 더 많았으니
나는 꽃처럼 사랑하지 못했다
나는 꽃처럼 사랑에 답하지 못했다

숨찬 사랑

백일홍꽃 백일 동안 붉다는 말은
햇살 환한 은현리에서 거짓이다
늦봄부터 늦겨울까지 백일홍
피고 지며 백일 가고
지고 또 피며 이백일이 지나도록
내내 붉다, 화무십일홍이란 옛말
은현리 이백일홍 앞에서는
크게 야단맞을 말이니
나는 살면서 백일 이백일
누군가를 붉게 사랑한 적 있는가?
그런 붉은 사랑 받아 본 적은 있는가?
풀코스를 전속력으로 뛰는 마라토너처럼
처음부터 끝까지 붉은 저 숨찬 사랑 앞에
사람의 사랑, 너무 쉽게 피었다
너무 빨리 지는 꽃이다

붉은 이름

은현리銀峴里로 첫눈 오시는 날
눈 위에 받고 싶은 이름 있다
하늘이 시인의 마당에 올해 처음 보내 주신
희고 순결한 설지雪紙를 머리 숙여 받아들고
시詩가 아니라 함께 죽고 싶은 이름 있다
손가락 얼어 피가 터지도록 쓰고 또 쓰고 싶은
붉은 피 같은 붉은 이름 있다

꽃의 고백

반짝하며 별 하나 그대 눈 속에 담기기 위해
별빛은 수십억 광년을 쉬지 않고 달려왔다
눈 속 눈부처로 새겨진 사랑을 찾아
사람은 윤회의 몇백 겁 바다를 건너간다
반짝! 단 한 번 빛나기 위해
사랑! 가슴 뛰는 그 말 한 마디를 고백하기 위해
별은 수십억 광년을 쉬지 않고 달려왔고
나는 윤회의 몇백 겁 바다를 건너왔다
작은 별꽃 한 송이 불쑥 그대 눈 속에 들어왔을 때
은현리에서 그것은 고백이다
청컨대 그 고백 앞에서 경건하게 목례하시라
한 순간도 쉬지 않고 전력질주하며 달려온
뜨거운 꽃은 고백 중이기 때문이다, 나 또한
사랑한다 고백하며 그대 앞에 섰기 때문이다

자주색 감자를 캐면서

꽃은 허공 가지에서 지고
슬픔은 땅속뿌리로 맺혔느니
여름날 자주색 감자를 캐면서
뿌리에 맺힌 자주색 슬픔을 본다
로에게 답장을 쓸 것인가에 대해
여름 내내 생각했다, 그 사이
자주색 감자꽃은 피었다 지고
자주색 감자는 굵어졌다
감자를 캐느라 종일 웅크린
늑간은 아프다, 웅크린 채 누군가를
기다렸던 나도 한 알의 아픈 감자였다
사람의 사랑이란 자주색 감자 같아
누가 나의 뿌리를 쑥 뽑아 올리면
크고 작은 슬픔 자주색 감자알로
송알송알 맺혀 있을 것 같으니

기타하마北浜*에서의 고백

바닷물 어는 소리로 겨울은 시작되고 언 바다 풀리
는 소리로 겨울이 끝나는 북해北海의 꽝꽝 얼어 버린
겨울바다 위에서 그 별 보았다 내 눈동자로 찾아오기
위해 별빛은 얼마나 혹독한 결빙해협結氷海峽을 지나
왔을까? 별을 보는 눈동자는 얼음처럼 차가워졌고 혀
가 얼고 입술 밖으로 나오던 말도 순식간에 얼어 버렸다

심장에 넣어간 내 고백 쩡쩡 소리 내며 얼어 버렸지
만 하늘과 수평선水平線이 얼어 하나가 된 얼음바다를
쇄빙선碎氷船으로 가르며 기타하마로 가던 밤 입 속의
혀가 얼어 버려 혓속에 넣어 두었던 그 사랑의 말 푸르
게 푸르게 결빙되었지만 나는 따뜻한 바다에서의 일처
럼 조바심내지 않았다

기타하마에서의 모든 고백은 얼음이 녹고 봄이 올 때

---

* 일본 홋카이도 아비시리에 있는 작은 무인역.

까지 유효한 실정법實定法이다 얼음이 얼었다 해서 바
다는 변한 것 아니니 얼음에 갇혔다 해서 파도는 멈춘
것 아니니 봄이 오면 언 바다가 먼저 유빙遊氷으로 풀
릴 것이니 파도는 다시 밀려올 것이니 북위 44도에서
고백하지 못한 내 사랑은 그대에게 온전한 색깔과 향
기로 전해질 것이니

바다의 용서

누군가 용서하고 싶은 날 바다로 가자
누군가 용서하며 울고 싶은 날
바다로 가자

나는 바다에서 뭍으로 진화해 온
등 푸른 생선이었는지 몰라, 당신은
흰 살 고운 생선이었는지 몰라

바다는 언제나 우리의 눈물 받아
제 살에 푸르고 하얗게 섞어 주는 것이니

바다 앞에서 용서하지 못할 사람 없고
용서받지 못할 사랑은 없으니
바다가 모든 것 다 받아 주듯이 용서하자

마침내 용서하는 날은
바다가 혼자서 울듯이 홀로 울자

황사 오는 날

한 사람을 용서하는 일은 한 사람을 사랑하는 일보다 어렵다

가을걷이 끝난 자리 모두 다 퍼 주고 향기롭지만 사람 빠져나간 저 자리 오래 지독한 폐허다

풀꽃 진 자리 다시 풀꽃은 피는데 사람이 진 자리 어떤 사랑의 말 돋지 않는다

소문처럼 겨울 까마귀 떼 시베리아로 돌아갔다 까마귀 군무 펼치던 푸른 하늘, 황사가 찾아와 내 상처에 누렇게 덧칠을 한다

황사는 또 누구의 폐허인가? 지난 겨울 그렸던 지도의 길은 지워진다 막막한 사월, 아득한 천축天竺

마호메트는 빵으로 수선화를 사라 일렀으니* 시詩를
팔아 폐허에 수선화 열두 포기 심었다

한 사람을 용서하는 일은 한 사람을 사랑하는 일보
다 어렵다

*소설가 윤후명 님의 책 '식물이야기 꽃'에서 인용.

그대 이름 내 손금이 될 때까지

한 사람을 사랑하는 일은
꽃이 피었다 지는 슬픔보다
빈 몸의 나무가 찬바람에 우는 아픔보다
슬프고 아픈 일이지만
사랑하며 기다리는 것은
기다리며 눈물 훔치는 것은
내 사랑의 전부라 할지라도
그대를 사랑하는 일, 그 일만이
지금 내가 할 수 있는 일인지라
흐르는 눈물 손가락에 찍어
빈 손바닥 빼곡하게
그대 이름 불처럼 적어 보느니
활, 활, 활 타오르는 그 이름
내 손금에 불도장으로 새겨질 때까지
그대 이름 석 자 내 손금이 될 때까지

꽃나무 보러간다

너 없이 꽃나무 보러간다
그곳에 꽃나무 세워 두고
꽃 피워 너 다 주려고 했는데
네 마음에 내가 없듯이
경계의 꽃은 다 지고
너 없는 자리 꽃나무 세워두고
너 보러간다
네 마음 빈 그늘에
꽃나무 심어 두고
꽃 피우는 마음이면
너 피울 수 있다 생각했는데
번번이 등 돌리는 바람에
꽃잎 나뭇잎 다 지우고
너 없이 꽃나무 보러간다
너 본 듯 꽃나무 보러간다

별사別辭
— 경주 남산 · 37

우리 이승의 사랑 끝나고 그대는 죽어 복사꽃 나무가 되리라 나는 죽어 한 마리 은어가 되리라

사랑이여 천 년이 지난 봄날 먼, 먼 어느 봄날 그대 온몸에 복사꽃등불 밝힐 때

나는 몸 속 수박향 숨기고 소월천 거슬러 오십천 따라 올라가다 강물에 어루숭 어루숭 잠긴 그대의 꽃그늘 그냥 지나치지는 못하리라

나를 휘감는 연분홍 비단 같은 슬픔에 까닭도 모른 채 펑펑 울며 거기 멈추어 서 있을 것이니

사랑이여 그대 또한 그러하리라

꽃그늘에 울고 있는 한 마리 어린 은어를 보며 꼭 한 번 어디선가 눈 맞춘 것 같은 작은 물고기의 눈물을 보며

무엇인가 아뜩하여 경계 없는 슬픔에 그대가 피운 가장 아름다운 꽃 분홍 꽃잎 몇 장 손수건으로 하늘하늘 날려줄 것이니

사랑이여 사랑하였으니 진실로 그러하리라

제4부

시詩는 뱀이 되어

시는 뱀이 되어 스쳐간다
  예언을 담은 단 한 문장
은유가 되어 휙 지나간다
  그건 찰나보다 더 짧은 일
깊은 꿈 속으로 사유의 틈새로
  뱀이 번쩍하며 지나갈 때
재빠르게 잡아야 하느니!
  그놈은 불에 달군 철사처럼
살이 타는 뜨거운 화인을
  허공을 베는 날카로운 칼날처럼
유혈이 낭자한 아픈 상처를
  내 몸에 남기고 지나가지만
접신接神하지 못한다면 끝이다
  뱀은 지나가고 나면 그뿐
아무것을 기억할 수 없다
  시가 나를 스쳐 지나간다
스쳐 지나간 저쪽에서 내 시는
  ?의 똬리를 틀고 있다, 나는

쓰여지지 않은 시의 주인일 뿐

휘파람 불며 뱀을 부른다

백지白紙의 시

새잎 수북한 벚나무 그늘 아래서
새 공책 펼치고 새 연필 깎아 시를 쓴다
편지가 닿지 못하는 너의 주소를 생각하며
이승의 빛나는 4월을 시로 빚는다
곡우 무렵이면 어린 찻잎 따다가
아홉 번 덖고 아홉 번 말리듯
한 줄 덖고 한 줄 말리며 먼 길 가는데
공책 가득히 시가 내려앉는다
바람은 연두색 손바닥 흔들어 가락을 만들고
햇살은 그 손들 지상으로 내려 보내
어루숭 어루숭 뒹굴다 가는 시여, 그 행간 사이
벌이 붕붕 날며 문장부호를 만드는
벚나무 새잎이 쓰는 연초록 시를 받아 읽으며
내가 쓰던 시는 지우개로 하얗게 지운다
내가 끙끙거리며 쓰지 않아도
바람과 햇살과 나무가 한 손 되어 함께 쓰는
시여, 감히 백지로 받기에 융숭한 4월의 시를
너는 이미 읽고 갔을 것이다

마당론論

마당에 다 있다, 시를 쓰는 나는
마당에 나가면 시는 기다리고 있다
사진을 찍을 때는 사진이 기다리고 있다
내가 아는 식물학자는
한 평의 땅에는
200가지의 식물이 산다고 했다
살아 있는 생명이 있어
마당 한 평에 200편의 시가
마당 한 평에 200컷의 사진이 있다
마흔 넘어 스무 평의 마당을 가진 나는
4000편의 시詩창고를 가진 부자
내게 시로 가는 길을 묻는 이여
그대 주머니 털어 마당을 사시라
대백과사전에
인터넷 검색창에서 찾을 수 없는 시가
마당에 있다, 미당도 김춘수도 쓰지 못한 시가
마당에 다 있다
마당에서 그대를 기다리고 있다

손금 속의 시詩

손금 알고부터 운명을 믿는다, 손바닥에
얼마나 살 수 있는지 생명의 선은 있고
얼마나 지혜로운지 지혜의 선은 있고
얼마나 사랑할 수 있는지 감정의 선은 있다
쉿! 비밀이지만 사람이 살다 온 별자리와
떠나갈 별자리까지 신의 바코드로
손바닥 안에 찍혀 있다, 이 별에서
마흔 이후 내 운명은 쓰다만 교향곡 같다
생명의 선은 싹둑 끊어졌다 이어진 후
지혜의 선은 자주 깜빡거리고
감정의 선에는 이끼가 낀지 오래다
복구될 수 없는 운명은 포기가 현명하다
다시 돌아갈 별자리는 어디인지
그 자리를 찾고 찾다가, 어이쿠!
나는 지난 별자리에서부터
왼손바닥에 새겨온 비밀의 바코드를 읽는다
생명과 지혜의 선은 'ㅅ'자를 만들고
감정의 선은 'ㅣ'자를 바르게 그어

내 손바닥에 낙인처럼 '시' 자가 찍혀 있다
그렇구나! 나는 떠나온 별에서부터
손바닥에 '시' 자를 새겨 지구별로 찾아온
우주를 떠도는 방랑자 시인이었구나
나의 생명과 지혜와 감정에 시는 있고
나는 시가 운명인 우주인이었구나
이제 다음 별자리로 돌아간다 해도
나는 즐거우리라, 내 손바닥에
시의 낙인은 불도장처럼 찍혀 있으니
이 별에서도 저 별에서도
시를 거부할 수 없는 나의 운명 있으니

소월천 은어낚시꾼

나 늙어지면 소월천으로 돌아가리
소월천으로 돌아가 은어낚시꾼 되리
태백산 피재에서 시작한 물길은
우당탕 우당탕 요란하게 흘러오다
거친 옷을 빨아 흰 빨래처럼 펼치는
영덕군 강구면 소월리 소월천
복사꽃 피는 봄날부터 은어는 돌아오고
복숭아 익어가는 한여름 내내
소월천 은어 복사꽃 향기로 익어가면
나는 가슴까지 차는 물 속에 잠겨
금바늘에 씨은어 물려 은어낚시 즐기리
한 마리 잡지 못하면 어떠랴
잡은 것 다 풀어 주면 또 어떠랴
영변의 약산 진달래꽃의 소월은 아니지만
소월리 소월천 은어낚시꾼으로
저물도록 늙어가는 일은 행복하리
세상을 잊고 살면 어떠랴
세상이 나를 잊으면 또 어떠랴

소월천 물 위에 놀림낚시로 시를 쓰고
그 시 푸른 바다로 흘러가려니
즐거워라, 내 몸에 내 시에
복사꽃 향기 스며들어 그윽할 것이니
바다로 떠내려 보낸 내 시가
은어가 되어 돌아오는 꿈을 꾸며
나 소월천 은어낚시꾼으로 늙어가리

감나무 주장자

감 한 접 들다 무거워 내려놓는다
등에 지고 가는 내 시詩의 무게보다
감 한 접이 더 무겁다, 고 투덜거리다
번쩍 감나무가 후려치는 주장자를 맞는다
늙으신 고향 감나무 올해 세 접의 감을 들고
여름부터 이 가을로 쉬지 않고 걸어오셨는데
어머니 그 감 모두 머리에 이고
산골에 사는 아들네 집을 찾아오셨는데

시詩, 처음부터 있는

　통도사 서운암 대안大眼 스님 새벽마다 된장 장독 간장 장독 닦는다. 정성은 맛을 만든다고 한 말씀 건네자 스님 정색하신다. 아닙니다. 장은 사람이 만들지만 맛은 자연이 만들지요. 그 말씀 시 같다며 받아 적는데 스님 더더욱 정색하신다. 아닙니다 아닙니다. 그건 처음부터 다 있는 것이지요. 맛도 그렇고 시도 그렇지요. 처음부터 있는 것을 우리가 찾아 쓰는 것이지요.

착한 시인詩人

　우리나라 어린 물고기 이름 배우다 무릎 탁! 치고 만다. 가오리 새끼 간자미, 고등어 새끼 고도리, 청어 새끼 굴뚝청어, 농어 새끼 껄떼기, 조기 새끼 꽝다리, 명태 새끼 노가리, 방어 새끼 마래미, 누치 새끼 모롱이, 숭어 새끼 모쟁이, 잉어 새끼 발강이, 괴도라치 새끼 설치, 작은 붕어 새끼 쌀붕어, 전어 새끼 전어사리, 열목어 새끼 팽팽이, 갈치 새끼 풀치……, 그 작고 어린 새끼들 시인의 이름보다 더 빛나는 시인의 이름 달고 있다. 그 어린 시인들 시냇물이면 시냇물 바다면 바다를 원고지 삼아 태어나면서부터 꼼지락 꼼지락 그들의 방언으로 시를 쓰고 있다는 것 생각하면 그 생명 모두 시인이다. 참 착한 시인이다.

거울

활자 되어 남을 시詩가 두려울 때 있다

말은 허공에 사라져도 글은 종이에 남으려니

시의 거울에 내 얼굴 가만히 비춰볼 때 있다

내 몸 속에 불이 있다

잠자다 발바닥에 열이 날 때가 있다
뜨거워지다 발바닥 불날 것만 같아
찬물에 발 담그고 그 불 끌 때가 있다
스스로 발화하는 사람이 있다고 한다
스스로 발화하는 나무가 있다고 한다
사람이든 나무든 제 몸 속 은밀한 곳
분명 저마다의 불씨가 숨어 있을 것이니
부끄러움에 부끄러워 그 불씨에 불 댕겨
완전연소하고 싶은 날은 있다
내 몸 속의 불로 나를 태워
흔적 없이 사라지고 싶은 날은 있다
원하노니 내가 떠난 뒤 세상에 남은
내 시는 스스로 발화하여 활활 타버리길
시집 속에서 시는 모두 사라지고
나무의 순결한 몸만 남아 빛나길

도다리 한 마리 놀지 못하는 바다를 가지고

오래 전의 일이지, 울산 작천정 골짜기에
칡뿌리로 붓을 만들고 흐르는 시냇물 찍어
바위에 글을 쓰던 사람 숨어살았지
그 사람 얼마나 열심히 글을 썼던지
사방 십 리의 바위 모두 닳아 버리고
사방 백 리의 칡뿌리 모두 사라졌지
그 후 그가 붓 들어 물 위에 글을 쓰면
글씨는 물 위로 둥둥 떠서 갔는데
그가 쓴 글은 바다로 흘러가
망망대해를 글로 다 덮었지
무릇 글을 쓴다면 그 정도는 되어야지
설날 아침 쓴 차 한 잔을 앞에 두고
통도사 스님친구 시 쓰는 친구에게
쓴 말씀 선물하는데 몸에 불이 난다
눈물로 시 썼던 날 있었지만
그 눈물로 세숫대야 하나 채울 수 있었을까
땀 흘리며 시 썼던 날 있었지만
그 땀으로 장독 하나 다 담을 수 있었을까

그 눈물 땀들 내 시 담아 바다로 갔다면
나는 몇 평의 바다를 가졌는가? 입이 쓰다
도다리 한 마리 놀지 못하는 바다 가지고
나는 시를 쓴다 했으니 방!

18금 금반지

결혼반지도 끼지 않고 살았는데
내 시를 위해 18금 금반지 마련했다
내 시는 나에게 시인이란 반지 끼워 주고
백년가약을 약속했는데
나는 내 시를 위해 선물한 적이 있는가?
철들면서 동거한 내 시를 위해
그 시 팔아 밥 먹고 술 마시고 연애했지만
아무것도 해주지 못한 내 시를 위해
이제야 18금 금반지 마련했다
내가 큰 병 들어 모든 것 잃어버렸을 때도
조강지처마저 나를 버렸을 때도
혼자 남아 나를 사랑한 나의 시여
시의 손가락에 18금 금반지 끼워 준다
깊은 밤이나 이른 새벽에 깨어 시 쓸 때
펜혹은 박히고 거칠어진 고독한 손가락에
18금 금반지 끼워 주고 시의 손을 잡아 본다
그래, 이제 너하고 살아야겠다
기쁠 때나 노할 때나 슬플 때나 즐거울 때나

시야 나하고 살자, 검은 머리 파뿌리 될 때까지
시야 우리 같이 해로하며 살자

여전히 맑고 깊은 은현리 샘물

최 영 철
(시인)

시인의 아홉 번째 시집 원고를 읽는 일은 그리 오래 걸리지 않았다. 아홉이라는 꽉 찬 충만의 숫자에 걸맞게 그의 시는 한여름의 시원한 계곡물처럼 나에게 쏟아져 들어왔다. 아홉 굽이의 고개를 넘는 동안 그의 시는, 깎일 것은 깎이고 보탤 것은 보태고 버릴 것은 버리고 다시 주워 담을 것은 주워 담았다. 주렁주렁 매달고 왔던 화려한 장식과 과도한 치우침을 버렸다. 그런 시의 광주리가 초록으로 동색이다.

약속을 잡은 날이 마침 스승의 날이었다. 몇 시쯤 가는 게 좋을지 물어 보려고 전화를 걸면서도 오늘은 아무래도 힘들겠다는 생각을 했다. 전화선을 통해 전해 온 시인의 응답은 예상대로였다. 제자들이 오기로 되어 있으니 약속을 내일로 미루자는 것이었다.

20년 전의 어느 봄날 처음 만났을 때 시인은 진해남중 교사였다. 80년대와 국어교사라는 직업이 잘 어울리는 풍모였다. 그 당시 접했던 시인의 신춘문예 당선 시「유배지에서 보내는 정약용의 편지」와도 잘 어울렸다. 80년대의 분위기가 그랬다. 좀은 진지하고 좀은 과격하고 좀은 파격적이고 좀은 낭만적이고 좀은 혁명적인 요소들이 뒤섞여 있던 시대였다. 같은 신문 신춘문예 당선 연년생으로, 나에게 시인의 시는 일종의 본보기였다. 처음 만난 우리는 용두산 입구에서 산 솜사탕을 들고 공원길을 올랐었다. 서른 이쪽저쪽이었다. 무슨 이야긴가를 계속 주고받았는데 경남 부산 젊은 시인들의 길트기가 주요 화제였던 것 같다. 아직도 어제처럼 선명한 그 시간이 벌써 20년 전이라니.

다음날, 시인을 만나기 위해 마을 입구의 대숲을 지날 때쯤 멀리서 저녁 짓는 내음이 났다. 길을 멈추고 은, 현, 리, 하고 발음해 보았다. '으'와 '혀'를 'ㄴ'이 공손하게 떠받치고 있는 소리의 생김새나 은현銀峴이라는 깊은 울림의 뜻이 또한 시인의 거처로 맞춤한 곳이었다. 시는 금처럼 화려하게 빛나는 보석이 아니라 은처럼 수수한 멋을 안으로 감추는 보석이다. 그것은 한겨울 온 세상을 희고 밝게 덮는 눈과 같아서 조그마한 티끌에도 그늘이 지고 얼룩이 앉는다. 시의 속살이 그렇지 아니한가. 너무나 순박하고 여려서 무심결에 스치고 가는 세상의 작은 파장에도 아픈 생채기를 남긴다. 시인의 집은 그런 은세계의 고갯마루에 있다. 은현의 지점, 그것은 순백의 시가 탁류의 세파를 향해 배수진을 친 경계 지점이다.

은현리銀峴里로 첫눈 오시는 날
눈 위에 받고 싶은 이름 있다
하늘이 시인의 마당에 올해 처음 보내 주신
희고 순결한 설지雪紙를 머리 숙여 받아들고
시詩가 아니라 함께 죽고 싶은 이름 있다
　　　　　　　　　　　　　—「붉은 이름」부분

　시인은 우선 최근 가꾸기 시작한 집 앞의 텃밭을 보여 주었다.
시인의 집은 직각으로 갈라지는 길의 모서리에 있는데 그 초입
의 뾰족한 나대지에 쌓여 있던 건축 폐자재를 걷어내고 꽃과
채소를 심은 것이었다. 도시 한가운데라면 모를까 둘러보면 사
방천지가 농경지인 시골에서 손바닥만한 밭을 자랑하고 있는
걸 보면 거기에 들인 공이 남달랐던 모양이다. 바깥일에 쫓기
느라 그동안 집 주변을 가꾸는 일에 부지런하지 않았던 시인이
었다. 이 작은 텃밭을 일굴 엄두를 낸 것은 아마 최근 진해 살
림을 정리하고 아들 곁으로 오신 모친의 힘이 컸을 것이다. 시
인의 설명 역시 그랬다. 모친과 함께 쓰레기와 돌멩이를 걷어
내고 심은 꽃이 60여 종이라고 했다. 수선화와 금낭화와 모란
이 피어 있었다. 올해 봄 영랑문학상 우수상을 받은 기념으로
무작정 모란을 심었는데 꽃 피는 거 보고 백모란인 줄 알았다
고 했다. 횡재를 한 기분이었다고 했다. 굳이 백모란이 아니더
라도 작은 씨앗 하나가 제 힘으로 커서 색색의 화사한 꽃을 피
워 내는 걸 보면 다 횡재한 기분일 것이다. 심지도 않은 홀씨가
날아와 피운 꽃이라면 더욱더 그러하리라.

그렇게 서너 해 달개비 농사農事 망치고
사람의 손이 받는 달개비 꽃씨와
자연의 손이 거두는 달개비 꽃씨는
전혀 다른 꽃씨라는 것을 배웠다
나의 손은 익지 않은 씨를 털거나
땅에 떨어져 늙어 버린 씨를 주웠고
자연의 손은 손 내밀지 않아도, 꽃
피울 씨를 받아 꽃밭 다북다북 이뤘다
은현리 모든 풀꽃 씨앗 소중히 받아 주는
따뜻하고 거룩한 그분의 손 있는데
생명이 발아하는 때를 알지 못하고
나는 욕심 많은 손을 내밀었구나
그 손으로 달개비 꽃물 들이려 했구나
또 그 손으로 시를 썼구나

―「자연自然의 손」 부분

　농사를 짓고 자연을 가꾼다는 말이 있지만 시인의 자연관에 의하면 그것은 모두 틀린 말이다. 대자연 속의 모든 생명 있는 것들은 인간이 운용하기 전에 스스로 번식하고 성장하고 개체수를 조정할 줄 아는 능력을 가졌다. 자연은 말뜻 그대로 스스로 그러한 것일진대 인간이 그 자연의 질서에 개입하기 시작하면서 지구촌의 대재앙은 시작되었다. 오랜 세월 유지되어 온 자연의 균형이 깨지면서 발생한 무서운 재난은 잇따른 강진, 해일, 폭우, 가뭄과 같은 기상이변으로 순식간에 수많은 목숨을 뺏어가고 있다. 본래 있었던 조화를 기반으로 하여 움직이는 자연의 생리를 인위적으로 운용하려한 인간에게 내려진 형벌이었다.

중국 도교 철학이 주장한대로 인간의 이상적인 상태는 자연과의 조화 속에서만 가능하다. 삼라만상에 깃들어 있는 본연의 능력들이 충돌하지 않고 어울릴 때 우주의 평화는 가능하다. 큰 것이 작은 것을 지나치게 억압하지 않는 자연의 순리를 무시하고 인간은 모든 자연을 지배하려는 시도를 멈추지 않았다. 그것이 빚은 결과가 오늘의 재앙이다. 자연적인 가치는 얼마나 단순하고 명징한 것이던가. 삶과 죽음, 생성과 소멸, 조화와 부조화 등은 이론의 개입이 불가능한 확실한 경계를 지닌 것이었지만 기술문명은 그 경계에 이의를 제기하고 벽을 허물었다. 그러나 아무리 해도 인위적인 것이 자연적인 것을 이길 수는 없을 것이다. 수천 명, 수만 명의 목숨을 한순간에 앗아간 자연의 대재앙 앞에 지금 우리는 속수무책이지 않은가. 앞의 인용시에서 보듯 사람의 손이 하는 일은 도통 부질없고 소용없다. 고작해야 "익지 않은 씨를 털거나/ 땅에 떨어져 늙어 버린 씨를 주" 워 담는 것에 불과하다.

시인은 이 자연의 가르침을 통해 시 쓰기의 정도를 깨우친다. 시 쓰기의 두 유형을 구분하자면 만들어 짓는 행위와 부르는 대로 받아 적는 행위가 있을 것이다. 도시문명을 기반으로 한 시 쓰기는 만들고 구축하고 짓는 행위에 가까울 것이며, 무위자연을 기반으로 한 시는 삼라만상이 보여 주고 들려 주는 대로 옮기고 받아 적는 행위에 가까울 것이다.

　　　마당에 다 있다, 시를 쓰는 나는

마당에 나가면 시는 기다리고 있다
(…중략…)
대백과사전에
인터넷 검색창에서 찾을 수 없는 시가
마당에 있다

—「마당론論」 부분

시인의 나무집 마당에 나란히 퍼질러 앉았다. 해 뜨기 전 일
어나 시를 쓰고 산책을 한다는 시인은 낮잠을 자고 난 부스스
한 얼굴을 편하게 내보이고 있었다. 손님이랄 수도 없는 이십
년 동무 앞이어서 그렇기도 하겠으나 그것은 은현리가 허용한
무장해제였다. 대자연의 질서에 긴장과 갈등이 없을 수는 없겠
으나 자연계의 생명들은 서로 적대적이지만은 않다. 긴장은 있
으나 갈등은 미미하다. 자연 속의 긴장은 자기 자리의 직분을
넘지 않는 선에서 이루어진다. 최소한의 영역 보존을 위한 다
툼이다. 거기에 비해 인간사회는 타자와의 공생을 모색하는 과
정인 긴장은 미미하고 갈등만이 증폭되어 있다. 대결이 끊일
날이 없다.

인간의 마당이랄 수 있는 도시는 그래서 이전투구의 장이다.
자연계의 약육강식은 최소한의 먹을거리를 위해 일어나지만
인간들의 약육강식은 그와 상관없이 무차별로 진행된다. 주린
배를 채우기 위해서가 아니라 쾌락의 한 방식으로 살육이 저질
러진다. 은현리에 거처를 마련하기 전까지 사십 년 넘게 시인
은 도시에서 살았다. 도시에서 밥벌이를 하고 도시가 야기한
문제들에 반응하고 도시가 만든 양식을 받아먹고 도시의 품에

안겨 살았다. 이 시절 시인의 시는 앞에서 언급한대로 만들고 구축하고 짓는 형태를 취하기도 했다. 공산품이 그렇듯 문명이 만든 재료를 적절히 배합해 문명이 요구하는 자극적인 색깔과 맛을 내는 시를 쓰기도 했을 것이다.

거기에 비해 지금 우리가 퍼질러 앉은 마당은 삼라만상이 보여 주고 들려 주는 대로 옮기고 받아 적는 행위가 용이해진 지점이다. 거대도시에 비해 이 마당은 턱없이 협소하고 단조로워 보이기도 하겠으나 도시에 사느라 닫아 놓았던 오감을 활짝 열고 밖의 기운을 받아들이기에 더 없이 좋은 공간이다. 철갑을 두른 방어태세의 도시에서는 느낄 수 없었던 우주의 파장이 느껴지는 공간이다. 시인의 마당은 그렇게 무장해제를 요구했고 시인을 따라 나 역시 의심과 불안과 경계를 풀고 무장을 해제했다. 그 보상으로 은현리의 마당은 넓고 고요한 평화를 선사했다.

여기에 이르러 나는 '마당에 다 있다'고 한 시인의 고백을 수긍했다. 마당 한 평에 200가지의 식물이 사는 것처럼 마당 한 평에 200편의 시가 있다고 한 시인의 고백이 과장이 아님을 수긍했다. 대백과사전이나 인터넷 검색창에서 시를 찾는 도시의 시인들을 나무라는 시인의 질책에 고개를 끄덕였다.

다리 하나 잃은 도둑고양이
식구처럼 돌보시는 어머니
우리 어머니 안安 보살菩薩님
절에 절하러 가시면서
밥상 차려 놓았으니 너는 밥 먹고

고양이는 밥 차려 드려라
꼭 데워서 따뜻한 밥 드려라
추운 날 찬밥 주는 일
그것은 죄가 된다
내게 몇 번이나 당부하시는 어머니
— 「밥 보리살타菩提薩陀」 부분

시인의 어머니는 텃밭에서 금방 뜯은 푸성귀를 씻고 다듬어
이웃집에 나누어 주고 오시는 길이었다. 우리는 어머니가 차려
놓으신 밥상에 앉아 맛있게 저녁을 먹었다. 시인의 진해 시절
나는 글동무들과 어울려 몇 차례 어머니가 하시던 식당에서 밥
을 먹은 적이 있다. 술에 절어 살던 철없는 시인들의 속을 어머
니는 그렇게 말없이 쓰다듬어 주셨다. 2년 전이었던가. 문화관
광부가 주는 '예술가의 장한 어머니상'을 받기도 하셨는데, 젊
어 혼자 되셔서 오늘의 정일근을 키우신 공적도 있지만 그와
함께 난감한 80년대를 끌어안고 휘청거렸던 경남 부산 젊은 시
인들의 등을 가만히 두드려 주신 공적도 분명히 그 속에 포함
되었을 것이다.

동서고금을 막론하고 좋은 시인에게는 훌륭한 어머니가 계
셨다. 예술 전반에 고루 해당되는 이야기겠으나 시 쓰기는 학
습에 의해서가 아니라 선험적 기질과 능력에 의해 이루어진다.
시 쓰기는 불현듯 떠오른 것을 받아 적는 행위에 가깝다. 누가
불러 주듯이 말이다. 그 선험적 능력을 보통 선천적 자질이라
고 하지만 대부분 그것은 어머니가 물려주신 자질이다. 어머니
가 불러 준 것들이다. 태아였을 때, 젖먹이였을 때, 성장기였을

때 뇌리와 가슴에 와서 박힌 어머니의 말과 가락이 시가 되었
다. 그런 면에서 보자면 시인은 어머니의 오래 전 말과 가락을
받아 적는 대리인이기도 할 것이다.

　시인의 이번 시집에도 어머니의 그런 시심詩心이 드러나 있다.
다리 하나를 잃은 도둑고양이를 보살피는 어머니의 마음은 이
미 시심을 넘어 부처에 버금가는 보살의 경지에 이르러 있다.
하나뿐인 아들을 위해서는 밥 차려 놓고 고양이를 위해서는 밥
차려 드리라고 한다. 고양이에게 지극한 존칭이 사용된 것은
아들이 고양이보다 못해서가 아니라 아들은 스스로 밥 챙겨 먹
을 수 있지만 고양이는 그럴 수 없기 때문이다. 사냥하거나 버
려진 것을 뒤져 먹을 수도 있으나 다리 하나를 잃은 고양이는
생존경쟁에서 도태되기 일보 직전이다. 이 쓰러져 가는 것들에
대한 각별한 애정이야말로 시인의 가장 중요한 덕목일 것인데,
어머니는 칠십 평생 그것을 잃지 않으셨고 지금도 몸으로 실천
하고 계신다. 거기에다 떠돌이 고양이라고 함부로 먹다 남은
찬밥 주지 말고 더운밥 주라는 당부까지 하고 있으니 어머니
야말로 천상시인이시다.

　　　시는 뱀이 되어 스쳐간다
　　　　예언을 담은 단 한 문장
　　　은유가 되어 획 지나간다
　　　　그건 찰나보다 더 짧은 일
　　　깊은 꿈 속으로 사유의 틈새로
　　　　뱀이 번쩍하며 지나갈 때
　　　재빠르게 잡아야 하느니!

그놈은 불에 달군 철사처럼
살이 타는 뜨거운 화인을
  허공을 베는 날카로운 칼날처럼
유혈이 낭자한 아픈 상처를
  내 몸에 남기고 지나가지만
접신接神하지 못한다면 끝이다

—「시詩는 뱀이 되어」부분

　자연을 읽고 자연과 대화하며 자연에 반응하는 일이 느슨한
방관자의 몫이 아니라는 것을 이 시는 잘 보여 주고 있다. 자연
의 파장은 각양각색의 소리가 뒤엉킨 거대한 오케스트라일 때
도 있지만 조용한 실내악일 때도 있고 귀를 쫑긋해 모든 감각
을 집중하지 않으면 들을 수 없는 가녀린 독주일 때도 있다. 언
제나 주의를 기울여 긴장하고 있지 않으면 자연의 소리들은 바
람처럼 휙 스치고 지나가 버린다. 그렇게 스쳐 지나가는 바람
소리와 같은 자연의 기척들을 우리는 잘 해야 십만 분의 일, 천
만 분의 일쯤을 겨우 알아듣고 있을 뿐이다. 그럴진대 자연의
파장을 포착하고자 하는 서정시인의 노력은 그 얼마나 지난한
작업이겠는가.
　뱀은 섬세한 감각을 가진 놈이다. 가늘고 긴 몸을 소리 없이
움직이는 특성 때문에 혐오감과 사악한 느낌을 주는 놈이다.
그와 달리 일부 나라에서는 초자연적인 신의 상징으로 숭배의
대상이 되기도 한다. 시인이 시와 뱀을 동일시한 것은 그 예민
한 감각과 민첩성 때문이다. 예민한 감각과 민첩성은 둘이 아
니라 하나다. 늘 오감을 열어 놓은 예민한 상태가 아니면 주어

진 상황에 민첩하게 대응할 수 없다. 시인의 덕목과 자격 역시 모든 상황 변화에 먼저 반응하는 민첩성에 있을 것이다.

　시는 번개처럼 스치고 지나가는 어떤 직감에 따라 움직인다. 은유가 되어 휙 지나가는 시가 찾아 왔을 때 시인이 전열을 흩뜨린 느슨한 상태라면 시는 그냥 지나치고 말 것이다. 찰나보다 짧은 순간을 스치고 가는 시를 붙잡지 못하면 모든 것은 공수표다. 그것은 두 번 다시 찾아와 주지 않는다. 깊은 사유의 틈새로 번쩍하며 지나갈 때 재빠르게 낚아채야 한다. 그리고 그 수확은 시인에게 행복하고 풍성한 수확이 아니라 "살이 타는 뜨거운 화인"이다. "허공을 베는 날카로운 칼날"이다. "유혈이 낭자한 아픈 상처"다.

한 사람을 사랑하는 일은
꽃이 피었다 지는 슬픔보다
빈 몸의 나무가 찬바람에 우는 아픔보다
슬프고 아픈 일이지만
사랑하며 기다리는 것은
기다리며 눈물 훔치는 것은
내 사랑의 전부라 할지라도
그대를 사랑하는 일, 그 일만이
지금 내가 할 수 있는 일인지라
흐르는 눈물 손가락에 찍어
빈 손바닥 빼곡하게
그대 이름 불처럼 적어 보느니
활, 활, 활 타오르는 그 이름
내 손금에 불도장으로 새겨질 때까지

그대 이름 석 자 내 손금이 될 때까지
—「그대 이름 내 손금이 될 때까지」 전문

　저녁을 먹고 시인의 나무집 방을 옮겨 다니며 두서없는 이야기를 나누었다. 5년 동안 살고 있는 집을 그것도 철따라 놀러 오는 동무에게 구경시켜 줄 만큼 집안의 분위기가 많이 바뀌어 있었다. 아들 딸 두 아이들이 장성해 나가 살고 있는 집은 그전보다 더 넓어 보였다. 두 개의 방을 오가며 하루를 보낸다고 했다. 들판을 향해 있는 방 은현시사는 글 쓰는 방이고 산을 향해 있는 솥발산방은 책 읽고 사유하는 방이라 했다. 방이 앉은 위치를 살펴 보니 정말 그랬다. 들판을 향해 탁 트인 방은 새로운 생각들을 풀어내기에 맞춤한 곳이고 솥발산의 그늘이 깊게 드리워져 있는 방은 사유를 축적하기에 좋은 곳이었다.

　시인은 이 집에서 만 5년을 살았지만 그간의 우여곡절을 생각하면 생의 절반을 보낸 듯 아득한 느낌일 것이다. 여기 사는 5년 동안 시인은 매년 시집 한 권 분량의 시를 썼다. 그 시들은 쓰려고 작정해서 쓰여진 것이 아니라 저절로 터져 나온 것들이었다. 오랫동안 은현리 산과 들에 묻혀 있던 시들이 시인을 보자 일제히 세상 밖으로 뛰쳐나왔고 시인은 그것들을 하나하나 기꺼이 맞아들인 것이었다. 그 일은 시인으로서는 더할 수 없는 행운이요 축복이었지만, 평범한 자연인으로서는 더할 수 없이 힘겨운 형벌이었을 것이다. 시를 제 몸에 받아들이고 품고 다듬어 내보내는 일의 팍팍한 고통을 생각한다면 말이다. 시가 들어오고 나갈 때마다 맛보아야 하는 산통은 초산을 겪는 어머니의 고통에 견줄만한 것이 아니던가. 그 고통을 감내한

산모만이 어머니로서의 진정한 환희를 누릴 수 있다. 시인 역시 마찬가지일 것이다.

그렇게 산통을 견디는 힘은 시적 자아를 절대적 운명체로 수락할 때 비로소 가능해진다. 정일근의 시는 깊고 질긴 시인의 운명을 수락한 자만이 그려낼 수 있는 눈물이 있다. 시인에게 사랑은 꽃이 지는 슬픔보다 빈 나뭇가지가 흔들리는 아픔보다 더 슬프고 아프다. 꽃은 지었다 다시 피고 빈 가지에도 새봄이면 잎이 나지만, 한 사람을 사랑하는 일은 아무 기약도 속절도 없다. 그럼에도 사랑하며 기다리고 기다리며 눈물 훔치는 일을 한시라도 멈출 수 없다. 그 끝없는 사랑에 대한 탐구는 운명으로 짐 지워진 것이어서 게을리하거나 물리칠 수도 없다. 사랑의 고통을 온몸으로 수락하는 시인의 자세는 흐르는 눈물을 닦아내지 않고 손가락에 찍어 빈 손바닥 빼곡히 불도장으로 새기겠다는 표현에 적극적으로 드러나 있다.

정일근은 어쩔 수 없는, 탁월한 서정시인이다. 그의 주요한 시적 재료인 사랑, 슬픔, 아픔, 눈물은 아무리 퍼내도 마르지 않는 샘물과도 같다. 은현리에 와서 나는 또 한 바가지의 시원한 샘물을 마시고 간다. 그가 퍼준 한 바가지의 샘물로는 부족해 그가 보지 못하는 사이 나는 두어 바가지의 물을 더 길어 마셨다. 그런데도 그의 샘물은 끄떡도 없다. 여전히 맑고 깊고 넓다.

착하게 낡은 것의 영혼

지은이 | 정일근

펴낸이 | 김재룡

펴낸곳 | 시학 Poetics

1판1쇄 | 2006년 8월 15일

1판2쇄 | 2006년 12월 20일

출판등록 | 2003년 4월 3일

주소 | 서울 종로구 명륜동1가 42

전화 | 744-0110

FAX | 3672-2674

값 8,000원

ISBN 89-91914-12-8 03810

* 이 책은 한국문화예술위원회가 선정한 우수문학도서로
국무총리복권위원회의 복권기금을 지원받아 무료로 제공합니다.
(참조 : www.for-munhak.or.kr)